KB074859

박순호 제1시집

바람 숲에 살고 지고

문예출판

책을 내며

　부유하지 않은 농부의 둘째 아들로 태어나 풀숲에서 자랐습니다.

　8. 15해방과 6. 25사변 등 많은 격변기를 겪었고, 산수연傘壽宴을 보내고도 3년이 지나 첫 시집을 내면서 기쁘고, 나 자신이 대견스럽지만 시를 읽는 독자들의 생각이나 평은 어떨지 두려움이 앞섭니다.

　문학을 접하면서 삼라만상 안에 나름대로 사랑이 있다는 것을 알았습니다. 사물에 대한 모습과 느낌을 글과 문장으로 표현하는 것이 나의 문학이고 이 책에 실린 시입니다. 글을 쓰면서 주변의 모든 것들을 더 생각하고 사랑하게 되었습니다. 그래서 많은 사람들이 나와 같은 경험을 할 수 있으면 좋겠고 어떤 것이든 어떤 것에 대해서든 글을 써보는 것을 권하고 싶습니다.

경제활동에서 벗어나 조금은 가벼워진 마음으로 숲이 좋아 산과 들의 꽃과 벌 나비들을 보고 이슬 맺힌 풀잎들을 보는 즐거움에 글을 쓰기 시작하였고 숲에 있으며 낭만을 즐기고 싶었습니다.

지금은 어린이 숲 해설가로 소일하면서 숲을 즐기고 시를 쓰는 낭만주의자로 살고 있습니다. 그러면서 일상에서 틈틈이 적은 시들을 하나로 모아 책으로 내게 되었습니다. 지인의 권유로 쓰기 시작한 지 6년 생애 시작인지 마지막인지 모를 책을 내며 수줍은 마음을 펼쳐 보입니다.

수년 동안 가까이서 시 문학 도전에 격려와 용기를 주시고 지도해 주신 김기진 선생님 정 선생님 최 선생님과 도움 주신 분들께 감사 인사드립니다. 앞으로 좋은 글로 보답하겠습니다.

물 향기 바람 숲에서 **박 순 호** 시인

축하의 글

박순호 님과의 인연은 광명시 철산도서관의 동아리 모임인 어울림 문학회 회원으로 만나서 느슨한 문학에서 강의한 내용으로 강의를 시작하여 부천대 평생학습원 시 창작 과정 수강과 철산도서관 문학 강사 지원사업으로 4년간을 저의 강의를 수강하신 분으로 노력형이며 꾸준하신 분입니다. 시집을 내겠다고 119편의 원고를 보내와서 대단히 기뻤습니다. 지금도 시간이 나는 틈틈이 도서관에 가거나 강의가 있으면 찾아다니시는 분입니다. 우리 인간이 저서를 가지고 있는 분이 얼마나 되겠습니까? 진정으로 축하할 일입니다.

박순호 시인은 詩歌흐르는서울에 등단하여 매월 2편씩 작품을 발표하여 오던 중 『가시던 날』이라는 시가 제73호에 월간문학상으로 당선된 것은 계속해서 연구하고 공부하시는 노력의 결실입니다.

　매월 200편의 시 중에서 80여 명의 선정위원이 선정하여 발표하는 상으로 '詩詩歌흐르는서울'의 자부심이기도 한 상賞입니다. 팔순을 보내고도 3년인 박순호 선생이 실력 있고 젊은 시인들이 많은데도 월간문학상에 선정되심은 훌륭한 작품임을 인정받은 것입니다. 앞으로 더욱 발전할 수 있는 시인이며 이 시집이 많은 독자를 감동하게 하고 공감하기를 바랍니다.

　　　詩歌흐르는서울 대표 **김기진** 시인

제1부 바람 숲에 살고 지고

제2부 안양천의 얼굴

제3부 봄 오는 소리

제4부 초승달이 뜨면

제5부 어릴 때는 모르고

제6부 빗물이 눈물 되어

제7부 그 길

제8부 잠은 안 오고

제1부

바람 숲에 살고 지고

바람 숲에 살고 지고

숲
풀 나무 모인 곳을 숲이라 한다
살아가는 한 가닥의 생명줄이라 하겠다
산소와 그늘 맑은 공기로 피로를 풀어준다
숲을 좋아해서 어린이 숲 해설사가 되었다
산과 들판을 다니며 풀과 나무를 관찰한다

봄
이슬비 부슬부슬 내리는 양촌 에는
새싹 돋아나고 나무 풀들은 예쁜
꽃을 피운다
향기에 벌 나비 날아들고 청량한 물소리
새들도 노래 불러주는 아름다운 계절
자연 그대로 소식을 아이들은 듣는다

여름
맑은 공기 더위를 식혀주는
그늘숲이 참 좋다
풀벌레 곤충 매미 울음에 관한 이야기
생명체는 어떻게 태어나
목숨 다하는 이야기에
쥐 죽은 듯하다 손 들고. 질문이 쏟아진다

천진난만 소리에 즐겁고
관찰한 보람을 느낀다

가을
후손 번식으로 익어가는
풍요로운 계절이다
다람쥐 청설모 산새 짐승에 양보받아
도토리 등 여러 열매 조금씩 가지고
정성으로 손질해 친환경 작품 만들 약속은
아이들 환호성이 창밖까지 들린다

겨울
오색 갈아입은 이파리 휘날리며
발아래 내려앉고
내년을 기약하는 이별의 아쉬움 남긴다
북풍한설 나뭇가지 휘파람 불어도
예쁜 눈꽃 피었네
낙엽 방석 위에 하얀 눈 이불 덮고
동면 덜어간 너
강남 간 제비 풀잎 물고 오는 날
일어나리라

풀잎에 빗방울 떨어지고

이른 아침 후덥지근하다
거먼 구름 오려나

길가 풀잎 힘없이 늘어지고
처진 꽃잎 마른 땅 내려본다

더위 지친 육신 맥없이 풀리고
등허리 땀방울 흘러내린다

거먼 하늘 내려와 빗방울 떨어지고
나뭇잎 풀꽃 하늘 보고 웃는다

젖은 윗도리 생기 도는 아침
빗방울 맞으며 가는 길 빨라진다

나뭇잎 사랑

아지랑이 피는 날
청운의 꿈 안고 세상에 나와
자연 섭리로 꽃 형제 나란히
영롱한 햇빛 받아 하루같이
유년을 보낸 잎

따가운 햇살 그늘막 되어주고
시집보낸 누이 예쁜 열매 맺어
바람에 흔들리고 햇빛에 더울세라
한 가족 화목 속에 장년 된 잎

소슬바람 소매 끝 스치고 떠날 차비
가는 길 아쉬운 길 내년을 기약하며
예쁘게 화장하고 파란 하늘 높이 높이
훨훨 날아가는 단풍잎

앙상한 가지 끝에 외로운 붉은 잎 하나
삭풍아, 불지 말라 저 잎 새 떨어지면
실가지 외로워

숲속 아이들

가마산 둘레길에
아이들 올망졸망 모여

시니어 선생님 숲 해설에
고사리손 높이 들고 질문한다

현충탑 앞에 모여
다 함께 묵념하고

할아버지 할머니 술래잡기
아이들 뛰놀며 깔깔 웃음

할아버지 할머니
손뼉 치며 너털웃음 즐거워라

오리사랑

시원한 이른 아침
풀 섶 맹꽁이 짝 찾아 울어 대고

하늘에 뭉게구름 개천에 잠겨있다
물 위에 고방오리 깊은 사랑 푹 빠지고
솔바람 불어와 수놈 깃털 흔들린다

우아한 쇠백로 고개 돌려 웃고 있네

올챙이와 개구리

학습으로 계곡 고인 물 찾아갔다.
개구리는 영리해서 흐르는 물에
알을 낳지 않는다

10일 후 알은 올챙이로 변하고
2주경 지나면 뒷다리 나온 후
2주 지나면 앞 다리가 나온다
40~50일 전후 개구리가 된다
환경 따라 성장 달라질 수 있다

어린 시절 모르고 날뛴다는 비유로
개구리 올챙이 적 모른다는 속담

개구리는 양서류에 속한다
올챙이 때는 물속에서 아가미로 숨을 쉬고
개구리가 되면 땅 위에서 허파와 피부로
숨 쉬고

청개구리

냇가에 혼자 앉아
물수제비 뜰 적에
서쪽 하늘 먹구름이
바람 따라 넘어오고

풀잎 위에 청개구리
가족 찾아 개골개골

우당탕 천둥소리
장대비 쏟아지고
청개구리 어미 무덤
목 놓아 슬피 울고

무덤 잃고 개골개골
가족 잃고 개골개골
그 울음 애처롭다

파랑새

지나가는 세월에 산천은 그대로
삼라만상은 서서히 바뀌어 가고

산이 좋아 등산 가는 날
푸른 숲 사이 걸어가면
한쪽에 이름 모를 풀꽃
반대편 잎이 넓은 나무
개울물 흐르는 바람 소리

나무 위에 둥지 틀은 파랑새 한 쌍
먹이 물고 쉬지 않고 둥지 찾는다
금실이 좋은 모양이다
어린 소리 어미 소리 정겨운 소리

참외 오이 김밥 막걸리 1통
진수성찬 꿀맛으로 요기하고

월남 그네 나무에 걸쳐 놓고
팔 베고 누웠으니
주위가 내 집 인양 잠이 덜었네

대왕 참나무

가을 수목원 나뭇잎에
임금 왕 쓰인 키 큰 참나무
붉은 자태로 솟아있다

예쁜 열매로
먹이 짐승 부르고
작은 도토리 팽이처럼 생겨
공예품 만들면 좋겠다

다람쥐 청설모
겨울 곡간 채우기 한창이고
다람쥐는 기억상실 곡간 못찾고
청설모 배 채우고 웃음 짓고

다람쥐 청설모도
춘삼월 보릿고개
양식 찾아 헤매 일 때
흙에 묻힌 열매는 새싹 돋아 난다

열매

가을 어느 아파트를 지나간다
잎큰 나무 열매 떨어지는 소리
껍질은 세 쪽 열매는 못난이
일곱 잎 줄줄이 붙어 칠엽수라 한다

우두커니 서서 먼산 바라보며
칠엽수 강의 듣고 작품 생각에
껍질과 열매 비닐봉지 담는다

열매가 떨어지면 놀라고
청소 힘들다 담아주는 아저씨
고맙기도 하다

울퉁불퉁 열매는 안동 탈 같고
껍질 속에 붙이면 탈 인형 되고
친환경 자연 소재 작품 생각

장미꽃

산천에 예쁜 들꽃
피고 지고 떠나가고

아침나절 뻐꾸기
그리운 임 찾아간다

우아한 예쁜 장미
가시 달고 곱게 피고

그윽한 꽃향기는
개천에 가득한데

떨어지는 꽃잎 위에
장마 구름 몰려온다

바람에 가는 향기
내 마음 따라가네

담장이 나팔꽃

담장 사이
한동네
너는 서쪽 나는 동쪽

나팔꽃 담장 올리고
미래 꿈
키우면서 자라났지

넌지시 보고 싶다
생각에
장독대 올라 하얀 얼굴

어쩌다 큰 눈 속 내가 있어
수줍어
돌아서는 여 동창생 잊지 못해

같은 땅 하늘 아래 한번 보고
먼 하늘
석양에 옛 모습 그려본다

우리 집 댕기

딸 주머니
하얀 털 눈망울 반짝이는 예쁜이 꺼낸다.
수줍다 꽁지 흔들며 돌아다니고
집중 교육으로 대소변 화장실 자리 잡고
집안 웃음 떠나지 않네.

두고 집 비우면 난장판 만들어 혼나고
학교 가고 출근하면 배웅하며 마중하고

한 가족 16년에
수만 번 꼬리 흔들며
즐거운 시절 뒤로하고
백약이 무효라 수명 다한
우리 집 재롱이 하얀 털 댕기
죽지 않고 멀리 떠나간 것이라네

제2부

안양천의 얼굴

안양천의 얼굴

산업 발전 속에 곤욕 치른 안양천
지금은 맑은물 철새 물고기 놀고
폐수 씻어낸 사랑받는 한 내 천

춘삼월 돌아오면 삼라만상 어깨 펴고
개나리 진달래 오색 백화 만발하니
언덕 아래 야생 풀꽃 봄 전령사

새벽까치 노래 따라 녹음방초 계절 오고
가시 장미 양귀비꽃 색색이 피어나니
오는 사람 가는 사람 발걸음 멈춰진다

오리 새끼 물놀이에 팔뚝 잉어 춤추고
키다리 왜가리는 실눈 뜨고 바라보네

소슬바람 불어오면 코스모스 곱게 피고
어머니 김밥 먹는 운동회 그리워라

둔치에 예쁜 국화 여러 색 심어놓고
노랑 단풍 붉은 단풍 쓸쓸히 휘날린다

하얀 갈대 머리 숙여 살포시 인사하고
함박눈 내리는 아양천에 눈꽃 피었네

뚝방 길

어둑한 뚝 길 인기척 하나 없고
흐르는 물 위 꽃잎 흩날린다

졸고 있는 가로등 개천에 잠겨있고
고방오리 쇠오리 풀 섶에 잠잔다

까치 형제 꽃잎 물고 새벽잠 깨우고
물떼새 쇠백로 아침 식사 준비한다

날이 밝아오면 예쁜신발 벗어놓고
꽃길을 걷던 황톳길
어싱(Earthing)하는 사람들

김시습 기념관

푸른 바다
강릉으로 떠난다
창 넘어 단풍 반기고

문학 천재 충신 김시습

참혹한 시신 바랑 매고
통곡하며 노들나루 건너
여섯 무덤 사육신 묘일세라

한평생
삿갓 쓰고 죄인이라 여기며
황산 무량사 입적했네

안목해변

푸른 동해
수평선 끝이 없고
목화솜 파도 철석인다

커피 향 자욱한 뜰
남녀 청춘
다정히 기대앉아

붉은 등대 바라보며
핑크빛 미래
설계한다

백사장 발자국
커피 향 가득하고
돌아보니 그 향기 따라오네

산사의 기도

서리 밟고 산허리 돌아
고즈넉한 산사 대웅전
합장하여 기도하고

청량한 계곡 물소리
파랑새 고운 목소리
솔 향기. 풀 향기 오솔길

하지 못한 공양에
내려오는 발걸음 가볍지 않네

훗날 잊지 않고
부처님께 인사해야지
마음가짐에 발걸음 가벼워 진다

구인사

단양 여행 가는 길
부처님 오신 날
소백산 올랐다가
구인사로 하산 길 고생한 기억

구인사는 금계포란형 명당으로
양쪽 산 계곡 양옆으로 절간을 지어
대조 사전 금 단층

대조 사전에서 약간 시주하고
가족 8명 건강과 행복을 빌고
집안 모두 안녕을 기도한다

오래전 구인사에는
필요한 모든 것 잘 구비되어 있었다
지금은 한산한 입구

그리고 오르막길 힘들었다

신둔사(청도 사찰)

먼동 트기 전
비탈길 열두 구비 숨차게 오르고
인기척 없는 숲속 오솔길
돌아보고 흥을 되며 목적지 도착했다

남산 봉수대 아래 조용히 앉아있는 신둔사
스님은 어디 가고 백고무신 흩어지고
백구 꽁지 부채질 오는 손님 반긴다.

대웅전 잠겨있고
삼성각 문 앞에서
백구는 컹컹대며 부른다

문 열고 삼배하고 소원 빌고
백구 하산 인사 밝은 햇살 반짝인다.

용 바위 틈새 흐르는 물소리
그 시절 선비
글 읽는 소리 같고

옛날 생각 발걸음 멈추어진다

용문사

용문사 천년 고찰
수호신 은행나무

노란 잎 하나 따서
계곡물에 띄워 놓고

그 잎에 마음 실어
님에게 보내리라

현충탑

도덕산
능선 타고
내려앉은 가마 산

둥근 가마
상봉에
현충탑 우뚝 서고

몸 바쳐
나라 지킨
거룩한 영혼 앞에

어린아이
올망졸망
묵념하는 모습은

오고 가는
사람들
나라 사랑 일깨운다

칠보산행

동녘 햇살 등에 업고 등산길 오를 때
주인 뒤 강아지 혀 내밀고 따라간다

소나무 향기 따라 발걸음 재촉하니
어느새 정상에 도착했네

산삼 맷돌 잣나무 황금 닭. 호랑이. 절
힘센 장사 금. 팔보산 하였건만

황금 닭 어디 가고 칠보라 바뀐 전설
하산 길 솔 향기 맑은 물에 두 발
내려놓고

도담 삼봉

남한강이 굽이돌아 단양 팔경 한곳이네

서쪽에서 천둥소리 먹구름이 몰려온다

쏟아지는 빗줄기에 검은 우산 눌러쓰고

도담 삼봉 탐방하니 발목 바지 흠뻑 젖네

당대 공신 공적보고 입술 떨며 돌아서니

뜨끈뜨끈 꼬치 국물 제일 먼저 생각난다

소백산 휴양림

단양 소백산 휴양림

가는 길목 도담 삼봉 도착하니

조선 개국공신 정도전 생각난다

산천은 남아있고 사람은 간곳없고

맑은 물 맑은 공기 높은 계곡 굽이돌아

백두대간 소백 능선 올라서니

눈앞 산봉우리 잘났다고 솟아있고

소백산 산새 마중 노래 들린다

밀양영남루

은빛 반짝이는 강가
영남루 우뚝 섰네

절벽 자락 대숲에 아리랑 전설 아량이
애절한 슬픔이 담겨 있다

무봉사 부처님께 소원 빌며 기도하고
삼대 전설 기억하며 내려오니

왜국에 잡혀간 우리 백성 구해온
승병장 사명대사 동상에 묵념하고

표충사 풍경소리 얼음골 바람 타고
한 많은 애랑 처녀 애환을 달래주네

영남루 대청마루 홀로 앉아서
한 서린 신라 달밤 소리 높여 불러본다

나라 걱정 표충비 적시는 땀
이제는 흘리지 않았으면

무섬 다리

백두대간
정기 받은 영주 땅

고귀한 소수서원
선비촌이 옆에 있고

글 읽는 목소리
귓전에 들리는 듯

그 시절 전설이
곳곳에 남아있고

풍기 인삼 짙은 향기
무섬 다리 건너가네

메밀꽃 안필무렵

비탈진 황토밭 허술한 집 한 채
햇살 받은 바람 곁
흰 꽃 무성한 메밀밭 어디 가고
지금은 밭고랑에 감자잎만 무성하다

방문객 하나 없는 산 적 같은 식당 주인
멀리서 우리 일행 몇이나 왔는지
숫자만 세어본다.

능선에 자리 잡은 이효석 박물관
많은 사람 심경 울린 메밀꽃 필 무렵
문학 울려 퍼지고 시인의 일생
영상 보며 눈시울 적신다
생가 뒷들 숲속 모형 달은
별빛 속에 봉평 밤 떠올린다

감자 캐고 메밀 심어
메밀꽃 필 무렵
봉평 밝은 달 보러 와야지

2021. 코로나19 여름

충주 나들이

성큼 다가온 가을
뭉게구름 실어 나르는 바람
황금빛 들판 붉게 치장한 사과
굽이굽이 충주호 수몰 사연들

우륵의 가야금 소리 귓전 스치고
왜군 앞에 신립 장군 부릅뜬 눈빛
원한의 탄금대 애달프고 원통하다

한반도 중심 칠 층 석탑 소원 빌며
신라의 발자취 천둥 산에 묻어놓고
박달재 슬픈 사연 굽이굽이 아롱지다

차창 넘어 코스모스 흔들흔들 따라오네

별이 지는 밤

밤하늘 반짝이는 별빛 아래
청량한 물소리
얼어붙은 마음 녹아내리고
우수경칩에 산천초목 어깨 펴는 봄

까막까치 날개 펴고 오작교 만드니
칠월칠석 일 년에 한 번 만나는 견우직녀
반갑고 헤어지기 싫어 흘리는 눈물은
여름 가뭄에 단비 되어 대지를 적신다

황금빛 오곡은 어깨춤 추고
산천초목 물들인 단풍은 낙엽 되어
소리 없이 떨어지고
뒷짐 지고 들판 보니 어깨춤 절로 난다

친구

옛 친구 그리워서 연주대 올라서니

저 멀리 남산타워 한강 물 반짝이고

한양 땅 어느 곳에 어떻게 살고 있나

아무리 찾아봐도 찾을 길 하나 없어

산 까치 노랫소리 그 친구 대답 같네

제3부

봄이 오는 소리

봄 오는 소리

봄이 오는데
겨울은
가기 싫은가 봐

비 맞은 매화
화장하고

하얀 목련
필 준비하고

고개 넘어
아지랑이 피어나고

봄바람에
처녀 마음 싱숭생숭

5월에

목이 빠져라 지쳐버린
유채 떠난 자리

영롱한 이슬 머금은
양귀비 활짝 피고
가시 완장 단
덩굴장미 편히 앉았네

청보리 하얀 수염 달고
고개 숙인
허수아비 바라보고

금계국 한창 피는 때
쑥부쟁이 구절초는
언제 오나 기다리는

안양천 꽃향기 가득하네

삼월

아직은
싸늘한 바람 소매 끝 스친다
사람들 옷차림 천태만상
땅속 얼음 녹아 대지 적시는
시린 봄

홍매화
붉은 입술 마음 설레고
비집고 나오는 떡잎
이슬 머금고 웃음 짓는
초봄

따스한 바람
양지바른 예쁜 풀꽃
산수유 히어리 같이 피는
이른 봄

목련 개나리 철쭉 진달래 벚꽃
꽃마리 아름답게
치장하고 기다리는
춘삼월

봄날

봄 햇살 내려앉은 봄
도서관 모퉁이 야트막한 왕재산

뒷걸음 산책길 돌아서면
찬바람 보낸 길섶 옥잠화 떡잎 웃고.

풀꽃 목련 산수유 개나리 벚꽃
라일락도 뒤질세라 향기 품어낸다

자연도 기후를 먹고
인생도 시대를 먹고
모두는 시류에 살고

식목일 돌아오고
헐벗은 산천 나무 심기 기억에

내가 사는 공동주택 메마른 화단
영산홍 측백 회양목 맥문동 심어놓고

봄비 오기 기다리는 마음

달래

양지바른 언덕 아래
달래 캐는 아낙네야

된장찌개 보글보글
심심하게 끓여놓고

우리 낭군 들일하고
시장해서 돌아오면

정성스레 차린 밥상
평상 위에 올려놓고

서로보고 마주 앉아
오손도손 먹어보세

봄

산새 노랫소리
얼음 아래 물소리

발아래 질경이 움트고
삼라만상 기지개 켠다.
꽃마다 벌 나비
분주하게 날아들고

이랴 어서 가자
농부님들 논 밭갈이

송아지 뒤따르고
강아지 덩달아 춤춘다.

강남 갔든 제비 부부
처마 밑에 집 짓고

우물가에 감나무
노랑 잎 돋아나는 봄

가을

산천 붉은 잎

북서풍에 떨어지고

서쪽 하늘 저녁노을

가을 길을 재촉한다

가을비 내리고

황금빛 치장한 들판
꽂꽂이해놓은 듯
아름다운 단풍
알알이 떨어지는 밤송이

옆집 살았든
초등학교 동창
이별한 지 오래인데

가을비 부슬부슬 내리는 날
그립고 보고 싶구나

익어 가는 계절

산바람에 땀 흘려보내니
기분이 날아갈 듯 상쾌하다

푸른 소나무 향긋한 내음
빠르게 코끝 지나가고

그 향기 그 기분 가슴에 담아
발걸음 가볍게 하산하면서

떨어지는 낙엽은 쓸쓸하지만
풍성하고 알찬 계절 가을이래요

갈바람 불어오면

서풍 불어 비 온 뒤에 파란 하늘 높아지고
푸른 잎 울긋불긋 산 능선 아름답네

언덕 너머 개울가 서 마지기 논배미는
벼 이삭 고개 숙여 황금빛 자랑하고

논두렁 메뚜기 서방 업고 사랑하니
고추밭 아가씨 예쁜 얼굴 빨개졌네

뒷짐 지고 들판 보니 어화둥둥 풍년일세
여보시게, 농부님 우리 모두 행복하네

여름 1

야삼경 방구석 숨 막히는 31도
잠 못 들고 머리 돌려 창밖 먼 곳
달님 내려 보고 실눈 뜨고 웃고

땅 밑 잠자던 애벌레
나무 위 홀로 앉아 허물을 벗고
임 찾아 맴맴 밤새며 울고 있다

정지 시렁에 꽁보리밥 한 사발 담아
시원한 우물 퍼다 고추 씻어 된장 찍고
멍석에 둘러앉아 먹던 내 어린 시절

숨 막히는 회색 구름 밀려오고
우당탕 천둥 번개 소낙비 내리쳐도
반바지 밀짚모자 괭이든 농부님은
논두렁에 춤을 춘다

여름 2

천둥소리에 먹구름 몰려온다

슬피 우는 청개구리

한밤중에 쏟아지는 폭우

여름 홍수 싫어요

눈 오는 날

밤사이 눈 내려
하얀 세상 되었네

눈 쌓인 놀이터
아이들은 즐거워라

신작로 출근길
넘어질까 거북이걸음

비탈길 미끄럼에
함박웃음 절로 난다

문 앞에 서성이는 겨울

된서리 풀 이파리 뭉그러지고
물안개 아침 햇살 반짝인다

소슬바람 잎사귀 예쁘게 물들고
고추잠자리 푸른 하늘 높이 날 때
쓸쓸한 나그네 마음 뒤따르네

눈 내려 바둑이 맨발 뛰노는 빈 마당
우물가 높은 가지 붉은 홍시
까치밥 남겨놓고

찬바람 진눈깨비 휘날려도
아들딸 잘되라고
두 손 빌며 기다리는 어머니

가을은 갈 채비를 하고 있습니다
찬바람 문풍지 우는 겨울 생각하며
어머니 모습 그려봅니다

홑바지 겨울

세찬 바람 홑바지 지나간다.
동짓달 긴긴밤 진눈깨비 날리고
성난 삭풍 문풍지 울음 크게 울린다

솜이불 하나에 온 식구 발만 넣고
뱅뱅이 돌아누워 깊은 잠 못 들었지

윗목 놓아둔 물그릇 꽁꽁 얼어붙고
먼동 틀 때까지 무슨 생각 하였을까

그때 겨울은 왜 그리 추운지
추워서 울고 배고파 또 울었네

사계절

양지바른 두렁 밑 쑥부쟁이 움 터고
응달진 으름 녹아 실 계천 물소리
고향 아낙네 귀밑머리 스치네.

햇살 쏟아지는 논밭 갈이 얼룩소
송아지 뒤따르고
이랴 어서 가자
소모는 농부 값진 땀방울

소슬바람
잎사귀 예쁘게 화장하고
오곡백과 황금 들판 넘실대니
쌓인 피로 어디 가고 어깨춤 두둥실
풍년일세 풍년일세 농부님 행복하네

세찬 바람 진눈깨비 가지 끝에 매달리고
문풍지 울음 울고 동지섣달 춥다 한들
무 배추 김장하고 등 따습고 배부르니
어화둥둥 놀아 보세

제4부

초승달이 뜨면

초승달이 뜨면

달구지에 전신 부서진
우리 아버지

가물거리는 등잔불 아래
몰아쉬는 숨소리

목에 진한 가래 끓고
내뱉는 힘 점점 약해진다

의사 없는 농촌에서
아버지 살려 달라
울면서 뛰었건만

약해진 숨소리에 잡은 손 놓지 않고
하늘에 입적하신 아버지

그때 기억에 눈물이 앞을 가린다

우리 마을

새마을 발상지 경북 청도 신도리
한마음 한뜻으로 마을 길 넓혀놓고

새마을 정신으로 지붕 계량 농지계량
4H 협동 정신 민둥산 산림녹화

보릿고개 없어지고 살기 좋은 우리나라
그 옛날 그 시절 기억하며 살아갈래

고향 1

그립다

생각난다

보고 싶다

가고 싶다

고향 2

하늘은 그대로인데
옛 친구 보이지 않고 혼자 서있네

산과 들은 그대로인데
흐르는 개천물 보이지 않네

마을 집은 그대로인데
닭 울음, 개 짖는 소리 들리지 않네

밭 가는 얼룩소 어디 가고
송아지 울음소리 들리지 않네

오 일 장터 막걸리 선술집
젓가락 장단 들리지 않네

모두가 옛날이네

품앗이

저녁달 뜨면
마당에 모깃불 피워놓고

호박 얇게 썰어 넣은
누룽국 밤참으로 허기 채우고

경쾌한 노랫소리
새끼 꼬는 손놀림 빨라진다

여보시게, 친구님들
내일 품앗이는 뒷집이라네

누룽국_경상도에서는 생콩가루를 넣어서
만든 손칼국수

친구야

천둥소리 창 넘어 컴컴한 하늘
빗줄기 귀속 맴돌며
지난 세월 아련히 떠오른다

퇴근길 막걸리
한 사발에 마음 달래고
두 사발에 피로를 풀며
세 사발에 목소리 높아지던

친구야

남은 세월 다 가기 전에
해 맑은 모습으로
곡주 한잔하세나

추억

정월 보름
솔 갈비 쌓아 달집 태우던
그리움
아련히 떠오르고

우물가
앵두나무 붉은 열매
작은 입술
곱게 물들이고

소꿉놀이
친구들과 말타기하고
해 질 녘
뛰놀던 동네 공터

그 시절
잊지 못할 분홍빛 추억

짝꿍

철부지였지!
처음 서로 만나 참 좋았지
한 해 두 해 수십 년 지나고
돌이킨 시간 지금서야 철들었네

힘든 일 많았어도
좋은 일 많았어도
그냥 지나쳐간 매듭진 보따리

철들자 나이 들고
파 뿌리 생기고
떠나려는 정하나 꼭 잡았네

인생살이
과거사는 보배처럼 묻어두고
흐르는 세월에 백세 여행 같이 가세

사랑

애타게 보고 싶은 사람
그대 기다려집니다

다정히 있고 싶은 사람
그대였으면 합니다

마주 보고 웃고 싶은 사람도
그대였으면 좋겠습니다

같이 여행하고 싶은 사람도
그대입니다

사랑하고 싶은 사람도
바로 그대입니다

나들이

가고 싶은 마음 굴뚝같아도
가지 못하였고
천 리가 멀다고 한들 가는 길 즐거워
팔순 나이에 밤잠 설치었네.

달리는 완행열차 창밖을 보니
봄바람 타고 온 햇살 가슴 스며들고
그리운 고향길 가까워진다.

저녁노을 아름답게 물들고
산천은 포근히 나를 반기건만
집집마다 굴뚝 연기 보이지 않고
가마솥 아궁이 없어진 지 오래이네

다음날 막내 남동생 집
항구 큰 도시 부산
다대포 몰운대 먼바다
씽씽한 회 한사라 소주 한잔에
피로 푼 나들이

태어난 곳

앞산 아래 냇물 구비 흐르고
오순도순 살아가는 정겨운 마을

빨래하는 아낙네 방망이 소리
등에 업혀 칭얼대는 아기 울음

돌다리 건너 산비탈 사과밭
거름 주고 풀 뽑는 부모님

바지 뒤 붉은 흙은 마를 날 없었다

그리운 고향마을 왔건만
보고 싶은 사람들 보이지 않는다

운산雲山의 영회원

이역만리 인질 생활
국력 부강 가슴 담아
금의환향하였건만

권력 앞에 눈먼 아비
천륜을 끊어놓고
역사 속에 남아있네

살려 달라 애원하던 민 회빈.

하늘은 진노하고
산천도 슬퍼하고

천 상 신령 되어
가마타고 내린 곳 영회원
빛 품은 광명일세

제5부

어릴 때는 모르고

떠나신 날

가지 말라 가기 싫다
마지막 숨 몰아쉬는
동짓달 초여드레 새벽

삭풍 불어 된서리 내린 삭갈이 논
맨발 뛴 14살 자식 통곡 소리
수야 마을 소 침쟁이 모셔 온들 소용없고

논밭은 하늘 바라보는 천수답
6.25.사변 국토는 쑥밭 되고
가장으로 살기 위해 몸부림치다
소달구지에 척추 부서진 몸 어이할꼬

가난이 불효든가 병원 갈
생각조차 못 하였네
백약이 소용없고 고생하시다
59세 떠나가신 아버지

어머니 혼자되고
어린것이 가장되어
많이도 울었네

어버이날

온 식구 화성 더포레 갔다
고즈넉한 산기슭 앉아
빵 커피 마시며 병아리 고양이
재롱으로 모두 웃음 짓는다

비 온 뒤라 사늘한 바람 등지고
햇살 받으며 자리를 잡았다
코로나 거리두기 직계 8명 허용이다

꼬꼬닭 어미 울부짖고
병아리 다섯 마리 흩어지고
살찐 야옹이 닭 몰이 즐기다
지쳐 나무 위로 도망간다

빵 커피 구입 입장료 무료
바람 숲 싱그러운 나뭇잎
아이들 뛰노는 모습
동심으로 즐거운 하루

그리운 어머니

서쪽 야산 능선 비탈진 황토
풀 뽑고 돌멩이 가려내어 일군 밭
구슬땀 흘리며 정성으로 심은 사과나무
열매 보지 못하고 남편 하늘길 떠나고
바지 붉은 흙 마를 날 없었던 어머니

새벽 안개 비집고 하얀 수건 머리 쓰고
호미 들고 들일 가는 모습 나는 보았네.
허리 한번 펴지 않고 일만 하신 어머니
아침저녁 장독 위에 정화수 올려놓고서
기도하는 어머니의 뒷모습 나는 보았네.

거먼 머리 백발 되어 허리 굽은 어머니
하느님도 무심해 요 치매가 웬 말이요
이 삼 년간 힘든 세월 백약이 소용없고
한세상 보낸 80년 하늘나라 가신 엄마

황토밭 사과나무 아름답게 꽃 피는
음력 사월 열이레 기일이 돌아온다
안개비 내리고 창가 흐르는 물방울
하늘에 계시는 어머니 눈물 같으리

어머니

봄바람 살랑이고 새록새록 잠든 아기
어머니 입가 미소 짓고

더우면 더울세라 추우면 추울세라
온몸으로 감싸주고

눈비에 병날세라 근심 걱정 마다 않고
자식 위해 살아온 어머니

집 떠난 자식 잘 되라고
장독 위 정화수 올려놓고 매일 같이
기도하는 마음 어찌 알리요.

부모 되어 찾아가니
반기던 그 모습 어디 가고
빈 마당 눈 덮인 장독대만 남아있다

소리 내어 불러도 아무런 대답 없고
양지바른 산소 앞에 흐느끼다 일어서니
하얀 머리 할미꽃 허리 굽어 웃고 있네

앉은자리

봄빛 속에 한 걸음 두 걸음
보고 싶어 오신다

팔다리 백합나무 껍질같이 주름지고
말소리 목구멍으로 기어들어 간다

아침 점심 저녁 따뜻한 식사
편안한 잠자리로 정성을 다하고

주름진 얼굴에 행복한 웃음이
건강도 좋아 말씀도 잘하시네

가기 싫은 모습으로 뒤돌아보는 눈빛
당신이 앉은자리 따뜻한 빈자리

가시던 날

몹시도 추운 날이다
가슴 미어지는 슬픔 이슬 맺혀
흐르는 눈물뿐이다

누구나 때가 되면 떠나지만
이것저것 아쉬운 기억 속에
모두가 서러운 슬픔뿐이다

늘 반겨 주시던 그 말
반가워. 잘 지내나 보고 싶었다
한마디 말씀도 없이 입술만 떨다가

정적의 같은 이별이 찾아와
바람에 구름 가듯 한세상
심호흡 멎어 눈을 감으셨다
.
밤사이 함박눈 소복이 내리고
천안 삼거리 하얀 눈송이
하얀 꽃 썰매 타고 장모님 떠나신다

2022.12.24. 오후 3시 장모님 보내면서

병문안

얼마 전 수술한 딸
걸음걸이 걱정하시던 장모님
고관절 후유증에 핼쑥한 얼굴
물끄러미 바라보며 두 눈 이슬 맺히고
말문 닫고 병실에 누워
주름진 손등 야윈 손가락
잡은 손 놓지 않고
입술 떨며 눈시울 적신다

보고 싶었다.
반가움에 깜박이는 두 눈
하고 싶은 말 하지 못하는
힘에 겨운 입과 눈만 몸부림친다
하룻밤 자고 가라 하시는 몸짓
잘 가라 흔들던 손짓에 눈물 고이고
마지막 인사인 줄도 모르고
돌아서는 발걸음 뒤돌아보고
또 돌아보며 가는 길

초혼招魂

이름 모를 나라 어디로 가는지
불러 봐도 대답 없는 이름이여

하고 싶은 말 한마디 끝내 못하고
사랑하든 사람들 보지 못하고
눈감은 사람이여

삼베옷 한 벌 입고
앞만 보고 걷는 모습
슬슬 하고 외로울 것 같아 가슴 미여진다

서산에 붉은 노을 서서히 내려앉고
임 찾는 기러기 슬피 울며 날아간다

모든 사연 다 버려도 정하나 남겨두오
훗날 물어물어 가거든 반갑다 하여주오

한번 왔다 가는 것이 인생의 철칙이라
아쉬움 많아진다

먼 길

몸 닦고 화장하고
새 옷 갈아입고
신발은 신지 않고

사랑하는 사람들 남겨놓고
혼자 떠나는 먼 길

사랑은 하늘에 맡겨놓고
소리 없이 지나가는 해
기억 속에 그날도 가물거린다

멀지 않아 모두 가는 그 길
바람 되어 찾아가리다

병실에서

힘들고 피곤해도
중환자 간호하고

뜬눈에 밤새우며
쾌유를 기도한다.

오늘도 내일에도
차도를 바라면서

꾸준한 노력으로
퇴원일 기다린다

서로가 도우면서
사는 거 배웠다네

고마움을 전하면서

산수가 훌쩍 넘게까지 말없이 옆에 있어
집사람에게 말하고 싶습니다.
사랑합니다. 고맙습니다. 수고하셨습니다
따스한 말 이제 지면으로 해 봅니다
앞으로 사는 날까지 당신의 손을
꼭 잡고 가겠습니다

울타리가 되어주는 아들 며느리 딸과 사위
귀여운 손녀 손자까지 모두가 건강하고
행복하기를 늘 기원하고 있음을
알아주기 바랍니다

지난날 아들과 듬직한 손자 함께
대중목욕탕에서 서로 등 밀어주고 웃으며
시원한 음료수 먹던 시절이 좋았고 고물
자전거에 예쁜 손녀 뒤에 태우고
즐겁게 달리던 시절 모두가 행복한
추억으로 마음에 남아 있습니다

그래서 늘 학교생활 직장생활 바쁜 줄
알면서도 보고 싶습니다
우리 가족 건강하고 웃음이 넘치는 행복한
날이 계속되기를 바랍니다

세상 둘도 없이 착한 딸 든든한 사위도
아침마다 엄마와 통화하고 해마다
휴가철이든 아무 때고 시간 날 때면
찾아와 주고 도움이 되어주는 것이
고맙습니다. 두 사람 오손도손 서로를
위하면서 살아가는 모습이 참 예쁘고 보기
좋습니다. 이것저것 말하기 무섭게
필요하다고 하면 무엇이든 보내주니
고맙고 늘 잘살아주어 또 고맙습니다

그리고 멀리 있어 자주 뵙지 못하지만
청도 누님과 동생, 부산 막냇동생, 대구
조카들 신기마을 사촌 동생 서로 우애
있고 화목한 집안이 되기를 바랍니다

무엇보다도 어머님 살아생전 살펴봐
주셨던 마을 사람들께 진심으로
고마움을 전합니다

수술하던 날

아침부터 입원 병동에서 사전 절차 마치고
확인 후 마지막 PCR
음성 확인으로 화장실 딸린 5인실
배정받았다

말 빠른 간호사는 환자 보호자 출입증
병동 문 열림 바코드 주고
사용 규칙 말하고 마스크는
항상 써야 한다
모든 시설이 자동이고 보호자 잠자리는
얇고 좁은 평상이라
일주일 보낼 생각 하니 눈앞 캄캄하다

마스크 쓴 간호사 분주히 오고 간다
명찰은 있는데 담당이 누군지 잘 모르겠다
밤에도 수시로 체크하고 나는
한숨도 자지 못했다

오늘 수술하는 날이다
두 번째 타임 긴장된다
척추 협착 디스크 절개를 해야 한다

오후 1시에 수술 시작 6시 지나서 나온다

그동안 걱정 많이 했다
환자는 마취 전 얼마나 긴장하고
불안했을까
마취 깨고 무통 주사 맞고 간호사 안심
시켜도 긴장과 아픔은 그대로이다
앞으로 얼마나 계속될지 걱정이다

가는 인생

바람 부는 대로
구름은 따라가고

세월 가는 대로
나이도 따라가고

바람 따라 세월 따라
인생도 따라가네

인생 가는 대로
젊음도 그리움도

모두가 따라가네

사나이 눈물

태어날 때 두 눈 감고
눈물 없이 울을 적에
우리 엄마 우리 아빠
기쁜 눈물 흘리시고

스무 살에 군대 가니
뒷산 넘어 천수답은
어이 할꼬 어이 할꼬
돌아보며 군인 갔지

객지 생활 수십 년에
부모 되어 찾아가니
우리 부모 어디 가고
텅 빈 집만 남아있네

사립대만 열어 놓고
땅을 치며 불러봐도
우리 부모 오지 않고
마당 풀만 흔들리네

어릴 때는 모르고

부모님 늦게 자고 일찍 일어나는 줄
나는 몰랐네

낮에 논밭에서 힘들게 일하고도
밤늦게 호롱불 밑에서 길쌈하는 줄
나는 몰랐네.

무명옷 굽은 허리 밭매고 지게 지고
바지 궁둥이 붉은 흙 묻은 줄
나는 몰랐네

한평생 자식 위에 일하시고
돌아가신 부모님 은혜
부모가 되고 이제야 알았습니다

추모 공원

새벽부터 부슬비 하염없이 내린다

함백산 허리에 앉아
근엄한 수호신 소나무
이승 저승 갈림길 표지판
두 눈 뜨고 두 발로 걸어왔는데

멀지 않아 삼베옷 걸치고
검은 나무 양복 두르고
노잣돈 한 푼 물고
눈감고 누워 오는
그 어느 날

생각하니 눈물만 나네

주부가 된 남자

퇴직 후 신발 청소 화장실 사용과
심부름을 배웠다

처음에는 매모를 한다

1) 행주는 삼 일에 한 번씩 삼고
주방 청결은 제일로 한다

2) 밥은 쌀 콩 보리 등 잡곡으로 한다
반찬은 메모해서 시장 가고

3) 설거지는 고무장갑을 끼고 양푼에 물
받아 세제로 그릇부터 조심스럽게 닦는다
수저는 큰 부분을 잡고 밀면서 닦는다
닦은 그릇은 행주로 세제를
따뜻한 물로 헹군다

4) 그릇은 포개지 않는다 부딪칠 위험

청소

1) 방 거실 청소기 먼지 제거 후
걸레 꾹 짜서 깨끗하게 닦는다

2) 세탁 면은 삼고 등산복 등
코팅된 옷은 손빨래하고

3) 화장실은 변기에 앉자 사용 하고
항상 청결하고 향이 있어야 한다

지금껏 집사람 의지하고 살았다
막상 주부 생활해보니
죄송하고 미안한 마음 느낀다
주부는 바쁘고 힘든 줄 몰랐다 50년 긴
세월 뒷바라지 해온 부인에 감사하는 마음
얼마 남지 않은 세월
모든 면 최선을 다하고 싶다
수술한 허리 빨리 완쾌되어 훨훨 다녀
봅시다

고마운 사람

나는
뒷다리가 아파 걸음 못 걸을 지경이었다.
버스 한 정거장을 3번 쉬었다 가는
처지였다 유명한 정형외과 다녀
주사 맞고 침 맞아도 소용없었다

견딜 수 없어 수술하기 위해 병원 예약 중
애타는 이야기 듣던 지인이
좋은 병원 주선해 주고 관리도 해 주었다
빠른 검사에 입원 치료 잘 받고 퇴원하고
의사 말씀 기억하면서 가벼운 운동 꾸준히
하고 지금까지 건강하게 잘 지낸다
한 달 후 확인하고 적당한 운동으로 허리
근육 보강 수술 잘 되었단 말에 기분 좋은
큰 웃음으로 답했다

많은 도움을 받아 진심으로 감사합니다
우리 가족은 언제나 기억하겠습니다
유한양행 이정희 선생님
참으로 고맙습니다

형님은 용감했다

1950년 6.25일 새벽 북한 공산군이
남침했다. 전쟁이라는 것에 대비가 전혀
되어 있지 않았던 때고 일요일이라 더
무방비 상태인 채로 남한은 순식간에
서울이 함락되고 계속해서 밀리기만 해
대구와 부산으로 언제 함락이 돼도
이상하지 않을 만큼 위험한 형국이였다

형님은 고등공민학교 지금의 중학교 과정
3학년이었다 학도병으로 지원하여 제주도
훈련소 1주일 훈련으로 대구 팔공산
전투에 배치되어 턱과 양팔에
큰 부상으로 3급 상이용사 판정받았다
죽지 않고 살아 돌아온 것만도
천만다행이라고 생각한다. 그 후
육체적으로 힘든 것은 물론이고
마음고생은 더 심했을 것이다

1961년 5.16 혁명 후 상의 용사 처우개선
정부 배려로 형님은 백릿길 넘는 경남
양산면 사무소 근무로 많은 불편을 느꼈다
내가 군 제대 후 서울 중구 남산동 친척
점포에서 기거하며 직장을 다니고

있었다. 힘든 생활로 시골 논 2마지기 판
돈 5만 원을 형님과 상의해서 가지고
왔다. 형님은 남산동 아저씨의 부탁으로
서울을 가끔 오셨다. 그때마다 원호처장
비서 박희정 씨를 만나고 갔다. 형님은
이서면으로 발령 내주기를 부탁하고 갔다
그러다 며칠 후 아저씨와 내가 3만 원을
신문지로 돌돌 말아 박 비서를 만나
간곡한 말과 함께 전해주었고 그 뒤
형님은 이서면으로 발령받아 오신 것으로
알고 있다. 형님과 나는 약속했다. 앞으로
많이 도와줄 것이니 걱정하지 말라고. 그
후 객지에서 혼자 결혼하고 힘든 생활도
많이 했다. 그 후 형님은 개인 사정으로
인해 직장을 옮기고 고지혈과 혈압으로
인해 갑자기 돌아가시면서 약속은 물거품
되고 나는 많이 울었다. 피는 물보다
진하다는 옛말이 생각난다
'소도 비빌 언덕이 있어야 등을 비빈다'
했지만 우리는 이해하고 원망하지 않았다
나는 젊고 건강했으니까

형님은 전쟁 후유증으로 심신 고통이
심했을 것이다. 일상생활에 몸이 따라 주지
않아 짜증 나는 것은 당연하다. 형님은
나라에 충성하고 주위를 위하는 마음이
많았다. 참으로 용감하고 훌륭한 분이라는
것을 나는 잘 알고 있다. 전쟁 후유증으로
不惑(불혹 40세)에 일찍 돌아가셨다.
많이 슬퍼했다
존경하는 나의 형님

제6부

빗물이 눈물 되어

빗물이 눈물 되어

2022년 8월 8일 110년 참아 오다
무서운 천둥소리 하늘이 진노한다

서울 경기 국지적 물 폭탄 떨어지고
비탈진 좁은 골목 흙탕물 계천 되었다

지하 방 살려 달라 발버둥 치는 소리
점점 약해지고 끝내 들리지 않는다

가난도 서러운데 목숨까지 앗아간 물 폭탄
땅을 치는 통곡 소리 하늘 높이 올라간다.

큰길 맨홀 뚜껑 하늘로 솟구치고
흙탕물 나간 자리 완전 쑥밭 되었다

흙탕물 세수한 풀 나무 새잎 돋아나고
허리 굽은 부용화 일어나 피고 지고

수해복구 자원봉사 갑 진 땀방울
육십 년대 협동 정신 살아서 숨 쉰다

가뭄

계속되는 흉년에
밀가루 쑥버무리
겨우 한 끼 배 채우고

엄마 아빠 양식 찾아
이리 뛰고 저리 뛸 때
배고파 칭얼대는 동생 조카
사립대문 앞에 앉아 울고 있었네

생각하면 가슴 아픈
그 옛날 그 시절

더위

우당탕 소나기 지나가고
신작로
하얀 수증기 피어오른다

땅속 육년 땅 밖 십여 일
짧은 삶
죽기 전 짝 찾는 절박한 매미 울음

코로나로 지쳐 있는
자영업
파리채 손에 들고 졸고만 있네.

고장 난 에어컨 장승처럼 서 있고
삽살개
더위에 지쳐 혀 내밀고 누워있다

구름

바람 따라 계절 따라
바뀌는 구름

봄 하늘 부슬부슬
꽃비 내리는
꽃구름이 나는 좋아 좋아

여름 천둥 번개 우당탕
소나기 내려치는
먹구름 나는 싫어 싫어

오색단풍 흩날린다
파란 하늘 잠자리 높이 날고
가벼운 새털구름 나는 좋아 좋아

동지섣달 캄캄한 밤
세찬 바람 몰아치고 진 눈 개비 휘날리는
회색 구름 나는 싫어 싫어

싫은 것은 싫고 좋은 것은 좋아

단비

거북 등같이 논밭 갈라지고
하늘 보고 원망하는 농부님

부처님 마음 같은 자비로운 비
살포시 내렸으면 좋겠네

폭우는 싫어
홍수도 싫어

부슬부슬 쉴 새 없이 비 내려
개울물 흐르는 아침에
호미 삽 어깨 메고 뒷산 봉답 가고 싶다

재물

노력해서 성공하면
스스로 찾아오고

탐이 나서 쫓아가면
욕하면서 도망간다

희망

코로나19
세계를 온통 전염시켜놓고

오가는 사람
하얀색 검은색 마스크 쓴
사람뿐이네

코로나 아무리
무섭다 해도

산과 들에
새싹 돋아나고
새들의 노래 봄은 찾아온다

산사에서

산사 처마 밑에
풍경소리 들려온다

오솔길 귀뚜라미
가을 단풍 재촉하고

남산골 물소리에
세월이 흘러간다

하늘 바람 내려오면
붉은 단풍 날리고

석양에 붉은 노을
삼키는 나그네

추억

소풍
골짜기 능선에 넓은 죽 바위
풀 갈잎 밀어내고 전설로 앉아있네
키 작은 선생님 전설 이야기
소풍 나온 반 친구 귀 쫑긋
큰 눈 뜨고 숨소리 죽였다.

밭일
먼동 틀 때 밭에 나가 어둑하면 돌아오고
온 식구 모여앉아 고추 된장 꽁보리밥
상추 삼에 저녁 먹고 평상 위에 누웠으니
별 총총 둥근달은 내려 보고 웃었지!

소 풀 먹임
앞산 뒷산 꽃 필 적에 벌 나비 날아들고
온갖 잡새 노래하며 춤춘다.
풀 뜯는 어미소를 송아지가 뒤따르고
소 모는 아이 즐거운 콧노래
귓전에 맴돌고
모두가 추억이라네

소싸움

서울 부산 철길 따라
아름다운 청도에는

세상에서 힘센 소
모두 모인 돔 경기장

두 주먹 불끈 쥐고
힘차게 응원하고

청군 홍 군 구분 없이
힘센 놈이 장원일세

아
후련하다

산까치

호암산에 그리움 걸어 놓고
산 까치는 아침 노래 불러준다

하얀 아침 안개
산 아래 서리 펴고
해님은 벌써 와 다정히 웃네

따뜻했던 그녀와의 그 자리
가랑잎만 설렁거린다

소리 내어 불러 봐도
그 사람 대답 없고
메아리만 돌아 온다

산 까치야 산 까치야
호 암산 산 까치야
내 님 소식 전해다오

솔밭 길

비탈진 산길 따라
동행인 하나 없고
솔바람 새소리는
길동무 되어주고

향긋한 솔 향기는
속가슴 스며들어
무겁고 풀린 다리
향기에 힘이 솟네

놀이터 감나무

가지 사이 먼 산 너머 도시하늘 보인다
마음 설레며 생각에 잠긴다

노란 감꽃 활짝 피고
벌 나비 새들도 춤추며 날아든다.

마당 모깃불 피워놓고
팔베개로 누웠으니
온 세상 내 것 인양 부러움 없네

감잎 사이 별이 총총 가지마다 반시 총총
곱게 물든 감잎 떨어지고

높은 가지 붉은 홍시 대롱대롱 매달리고
인심 좋은 어머니 마음

파업

지하철 너무나 복잡하다
콩나물시루 옛날 버스 생각난다
자리 잡고 있는 사람은 행운
밀고 당기고 발도 가방도 따로 움직인다

칠십 노부부는 거나한 취기 얼굴에
앞사람 가방과 신발이 닿는다고
고래고래 소리를 질러댄다

앞 사람도 억울하다고 소리 질러대고
역시 조용하라고 버럭 소리 질렀다
주위 젊은이들은 웅성거린다
창피하고 미안하다
왜
노조원 파업으로 이런 고통 겪어야 하는지
중소기업 자영업자 임대료 걱정 태산이다
특정 집단들은 자기들의 이익만 생각하는
것 같다
다음 차 갈아타고 왔다

짜증 났다

제7부

그 길

그 길

그날
그 길 그립다

망설이다
아직 가지 못했네

꿈속에서
먼 길 갔다 왔네

보고 싶어
만날 날이 올 거야

기다리다가
눈 진물 나겠다

모르면
물어물어 가야지

사랑

생각만 해도
두근거린다

괜스레 혼자
그리워한다

이름만 불러도
보고 싶다

그대 생각
절로 난다

그 모습 그리며
얼굴 붉어진다

그대 생각에
볼이 붉어졌다

사랑은

보고 있을 때 보다
그리운 모습
머릿속 떠올리고

어두운 밤 홀로 누워
그대 모습
그리워하고

좋은 곳 좋은 음식
앞에 두고
생각나는 사람

예쁘게 단장하고
기다려지는 사람
사랑인가 봐

진심

진심으로 사랑했다

참으로 좋아했다

떨어지면 그리웠다

보고 또 보고 싶었다

너는 나를 버려도

나는 너를 잊지 못한다

사랑하기 때문이다

기다림

온다 해 놓고 오지 않아
기다리는 마음
너는 모르리

노을은 서산에 내려앉고
어둠이 깔려 눈꺼풀 내려와도
그대 기다려지네.

날이 추워 못 오시나

바람 불어 못 오시나

구름아 바람아
그님 소식 전해다오

생각

비가 오면 젖은 모습
보고 싶고

눈이 오면 하얀 모습
보고 싶고

바람 불면 은빛 머리
보고 싶고

늘 보고 싶은
그 사람 생각

인생살이

은색 머리에는 사연과 경륜이

푹 페인 주름에는 세월의 흔적이

구부러진 허리는 힘든 삶이

남은 세월

가고 싶고 먹고 싶고

하고 싶은 일

마음껏 하고 가오

우리 둘이

가랑비
가라 하며 내리고
바람 소매 끝 스친다.

씀바귀 기지개 켜고
햇빛 받은 고들빼기
파란 잎 나풀나풀

언덕 위에 꽃가지
이름 모를
작은 꽃 반갑다 웃고

흐르는 개울 물소리
남풍이 실어 오는
봄소식 같으리

그 소리 들으며
우리 둘이 걸어가네

사육신 묘

사육신 거열형으로
돌아가신 충절의 묘소

대나무같이 곧은 절개
충성심을 다한 충신 무덤 여섯 봉

사육신
성삼문 박팽년 하위지 유성원 유응부 이개
두 임금을 섬기지 않는다는 뜻을 굽히지
않아
참혹한 죽임을 당하고

생육신
김시습 원호 이맹전 조려 남효온 성담수
평생을 삿갓서고 죄인이라 여기며
하늘을 보지 않는 충신이고

영월 동강 청령포 한 많은 슬픈 사연을
간직한
어린 단종 임금 유배지 슬픈 역사에 남고

광복절

36년 일제강점기
치욕스러운 나날들
나라 이름도 없었다

가뭄은 계속되고
기아에 허덕이는데도
강제징용에 모든 걸 공출해갔다

국내외 애국지사 희생으로 이룬
1945년 8월 15일 광복
일본 패망한 날
우리 해방의 날

하얀 옷 입은 모두는
목이 터지도록 만세 부르며
울부짖고

이제 자유 속에 살아간다

허균

경포호 고즈넉한 숲속
소담스러운 기와집 한 채

명문가 서자로 태어나
허난설헌 누이 중국 일본에서 유명했네

자유분방한 삶과 파격적 시 문학 천재로
시대의 표현 홍길동전 집필하고

역사에 남는 인생살이
큰 이름 남겨놓고 떠나갔네

소현세자

천륜을 끊어놓고
왕권에 눈먼 아비
하늘 아래 어디 있소.

폐쇄주의 개방하고
국력 부강 가슴 담아
금의환향하였건만

붉은 피 토하면서
억울하게 돌아가신
원통한 소현세자

하늘나라 신선 되어
햇빛 품은 영희원永懷園
살포시 내리소서

제8부

잠은 안 오고

잠은 안 오고

한겨울 긴긴밤
잠은 안 오고

쓸쓸하게 혼자 앉아
창밖을 보니

처마 밑에 걸린 달은
밝기도 하네

긴긴밤 별들은
그님 같으리

오늘따라 유난히
생각나는 밤

생각지 못한 사연

어떻게 해야 할지 모르겠다
마음 갈피 잡지 못하고
웅크리고 박혀 움직이지 않는 두려움
PC에 마우스 잡고 여전히 떨리는 오른손

시 문학 관심으로 도전 반 10년
때와 장소 가리지 않고 메모한 언어들
수십 번 수정한 문장 166편
PC 조작 미숙으로 허공으로 날아갔다

땅을 치고 울고 싶다
손때 묻은 USB 속 많은 사연들
구절구절 마음 흔들고 스쳐 지나간다.
창밖에 봄비는 하염없이 내린다

어둠이 밀려온다.
내 사연 복원은 가능할까

다시 시작하는 거야

더딘 발걸음 새벽을 열어간다
봄비는 대지를 촉촉하게 적셔놓고
구름 비 어디 가고 높고 파란 하늘

가로등 불빛 아래 이름 모를 풀꽃
개나리 라일락 벚꽃 활짝 피고
아침 까치 노래 정겹게 들린다

예쁜 꽃향기에 취해 헤매는 꿈길
머리 위 수은등 나를 깨우고
발아래 새싹 두 손 내민다

웅크리고 땅속에서 겨울 보내고
봄비 맞으며 세상 나온 연약한 풀잎
한참 동안 바라본 느낌!

용기가 생긴다.
지금부터 시작하는 거야
내 가슴에도 새싹이 돋아난다

전시회

아트홀
빛나는 예술인의 그림
감동 어린 시와 노래

유능한
문인들이 오고 가는 거리
배움을 주고받는 문학의 전당

인사동
복고풍 골동품 넘치고
다채로운 공연

나태주
철학 시
풀꽃처럼 감도네

풍속

동구 앞 우뚝 솟아
애환을 같이 해온
느티나무

온갖 잡새 둥지 틀고
두터운 그늘 아래
모두 쉬게 하는 곳

정월 보름 날
정갈한 새끼줄에
하얀 종이 둘러놓고

동네 안녕과 풍년
기원하는 제 올리고
정성으로 기도한다

예부터 내려오는
수호신 자리 잡은
느티나무

여행

마음 설레 설친 잠
닭 우는 소리에
하늘 새 영혼 맡겨두고
몸 실어 훨훨 날아간다.

하늘 위 파란 하늘 있고
수평선 끝에 하늘 있고
끝없는 온 천지
내 눈 안에 있다

천년 제주 숲길 감로수
맑은 공기 마음껏 마시고
원시림 오솔길 돌아
구름 되어 훨훨 떠돌다

왁자지껄 동문 시장
고등어 갈치회
소리치는 젊은 총각 따라가
맥주 한잔하려 혼저옵서예
정이 넘친다

믿음

바라만 보아도 믿음직한
사람이다

말없이 생각만 해도 다정한
사람이다

옆에서 커피만 마셔도 부드러운
사람이다

정갈하고 음식 맛있게 잘 만드는
사람이다

웃으며 돌아서면 행복한 느낌 주는
바로 집사람이다

기다림

혹시나 만날까
그 골목
몇 번이나 돌아왔네

길가 모퉁이
선술집
창 쪽 자리를 잡고

찌그러진
노란 주전자
탁주 가득히 담아놓고

한잔 먹고 쳐다보고
두 잔 먹고 돌아봐도
그 사람 오지를 않네

하루

호미 괭이 울러 매고
콧노래 부르며
집을 나선다

언덕 넘어 작은 텃밭
상추 감자 무 배추
심어놓고

일터 삼아
물도 주고 풀도 뽑고
정성으로 가꾸고
하루를 보내면서

이웃사촌 모아 앉아
곡주 한잔 기울이는
즐거운 저녁나절

눈꽃

하늘에 목화솜
밤새도록 내렸네

비탈진 오솔길
산토끼 놀이터

밤사이 소나무
하얀 꽃송이

미끄럼 넘어지고
웃음이 절로 나고

구르고 굴러
눈사람 되었네

꽃그늘

꽃피는 오월
걷고 있던 여인

가다 말고 향기에
발걸음 멈추고

하얀 꽃그늘
벌, 나비 노랫소리

가는 길 마다하고

안양천 황톳길

빛이 스며드는 안양천 뚝방에
붉은 황톳길이 누워 있고
흙의 말을 빨아드리며
맨발로 걷는 사람들이 있다.

수천 년 숙성된 흙의 기운이
전신으로 타고 오르면
독을 몰아내어
가랑이진 발을 모아 세우고
광명한 빛이 파생을 안고
호방한 혈이 출렁인다.

노을빛 달뜨는 소리
조잘거리는 안양천 소리 동반하면
절로 숭고하고 겸손한 기를 얻어
자연으로 동화된다

해설 친자연 서정성 이미지의
형상화와 진실
박순호 제1시집 『바람 숲에 살고 지고』
김 송 배 시인 (한국시인협회 심의위원)

1. 바람과 숲, 나뭇잎 등과의 교감

일찍이 프랑스의 사상가 파스칼은 그의 『팡세』에서 "자연이 모든 것을 말할 수 있고 신학까지도 말할 수 있다는 것을 그로부터 배우는 사람들이야말로 자연을 깊이 존중하는 사람이다"라는 명언으로 우리 인간들에게 자연이 주는 메시지를 전해주고 있는 것이다.

우리 시인들이 만유의 자연과 교감하면서 시를 창작하지 않으면 시의 위의威儀나 본령本領에의 깊은 진실을 이해하지 못하거나 자연의 섭리에 순응하지 못하는 일반적인 자연관에 머무는 감상적인 창작이 될 수밖에 없을 것이다.

여기 박순호 시인이 상재하는 제1시집 『바람 숲에 살고 지고』에서는 <책을 내면서>에서 언급했듯이 "지금은 어린이 숲 해설가로 소일하면서 숲을 즐기고 시를 쓰는 낭만주의자로 살고 있습니다."라는 그의 진솔한 기술과 같이 그 삼라만상의 현장에서 그가 착목着目하는 외적인 사물(시적 소재)에 대하여 그 광경이 보여주는 형태를 그림을 그리듯이 보여주는(showing) 현상과 그의 시야에 들어온 사물들이 내면 깊숙이 감춰진 스토리나 메시지를 들려주는 (telling) 형식의 시법으로 작품을 완성하고 있어서 우리들의 공감을 확대하고 있는 것이다.

봄
이슬비 부슬부슬 내리는 양촌 에는
새싹 돋아나고 나무 풀들은 예쁜 꽃을 피운다.
향기에 벌 나비 날아들고 청량한 물소리
새들도 노래 불러주는 아름다운 계절
자연 그대로 소식을 아이들에 들려준다

여름
맑은 공기 더위를 식혀주는
그늘숲이 참 좋다
풀벌레 곤충 매미 울음에 관한 이야기
생명체는 어떻게 태어나 목숨 다하는 이야기에

쥐 죽은 듯하다 손 들고 질문이 쏟아진다
천진난만 소리에 즐겁고 관찰한 보람을 느
낀다.

가을
후손 번식으로 익어가는 풍요로운 계절이
다. 다람쥐 청설모 산새 짐승에 양보받아
도토리 등 여러 열매 조금씩 가지고 온다
정성으로 손질해 친환경 작품 만들 약속은
아이들 환호성이 창밖까지 들린다.

겨울
오색 갈아입은 이파리 휘날리며 발아래 내
려앉고 내년을 기약하는 이별의 아쉬움 남
긴다. 북풍한설 나뭇가지 휘파람 불어도 예
쁜 눈꽃 피었네 낙엽 방석 위에 하얀 눈
이불 덮고 동면 덜어간 너 강남 간 제비
풀잎 물고 오는 날 일어나리라
　　　　「바람 숲에 살고 지고」 중에서

　박순호 시인은 이 시집의 표제시 「바람
숲에 살고 지고」의 작품에서는 자연과 불
가분의 관계에 있는 바람이나 숲에 대한
동반된 삶의 형태를 시적으로 투영하고 있
다. 그는 이 자연의 섭리가 사계절의 순환
에 따라서 천태만상의 이미지를 창출하고

있어서 그가 지향하는 시적인 진실의 탐구
에 몰입하고 있어서 춘하추동의 정경情景
을 형상화함으로써 우리들의 공감을 흡인
하고 있는 것이다.

그는 "봄"에서 이슬비, 새싹, 예쁜 꽃,
벌 나비, 청량한 물소와 새들의 노래를 시
적인 대상물로 끌어와서 계절의 미감 적
이미지를 활용하고 있으며 "여름"에서는
맑은 공기, 그늘숲, 풀벌레, 곤충, 매미 등
의 생명체에 대한 논의에 보람을 느끼고
있으며 "가을"에서는 다람쥐, 청설모, 산새
짐승, 도토리 열매 등 풍요로운 계절에서
"친환경 작품 만들 약속"으로 변모하게 되
고 "겨울"에는 오색 갈아입은 이파리, 이별
의 아쉬움, 북풍한설, 눈꽃, 동면 등의 계
절이 제공하는 이미지들을 잘 보여주거나
들려주고 있는 것이다.

그러나 결국 그는 결론적으로 "숲 / 풀,
나무모인 곳을 숲이라 한다. / 살아가는
한 가닥의 생명줄이라 하겠다. / 산소와
그늘 맑은 공기로 피로를 풀어준다. / 숲
을 좋아해서 어린이 숲 해설사가 되었다.
/ 산과 들판을 다니며 풀과 나무를 관찰하
고 있다"라는 어조(語調-tone)로 바람과

숲에 대한 그의 진정한 동행이 실현되고
있는 것이다.

아지랑이 피는 날
청운의 꿈 안고 세상에 나와
자연 섭리로 꽃 형제 나란히
영롱한 햇빛 받아 하루같이
유년을 보낸 잎

따가운 햇살 그늘막 되어주고
시집보낸 누이 예쁜 열매 맺어
바람에 흔들리고 햇빛에 더울세라
한 가족 화목 속에 장년 된 잎

소슬바람 소매 끝 스치고 떠날 차비
가는 길 아쉬운 길 내년을 기약하며
예쁘게 화장하고 파란 하늘 높이 높이
훨훨 날아가는 단풍잎

앙상한 가지 끝에 외로운 붉은 잎 하나
삭풍아 불지마라 저 잎 새 떨어지면
실가지 외로워진다
                    --「나뭇잎 사랑」전문

  그는 다시 숲에서 항상 마주하는 나뭇잎
에 대한 사랑을 지나칠 수가 없는 것이다.

거기에는 "아지랑이 피는 날 / 청운의 꿈
안고 세상에 나와 / 자연 섭리로 꽃 형제
나란히 / 영롱한 햇빛 받아 하루같이 / 유
년을 보낸 잎"이 장년의 잎이 되고 "가는
길 아쉬운 길 내년을 기약하며" 날아간 단
풍잎이 되어 이제는 마지막 연의 결론처럼
"앙상한 가지 끝에 외로운 붉은 잎 하나/
삭풍아 불지마라 저 잎 새 떨어지면 / 실
가지 외로워진다"는 사계절의 변모와 같이
인생의 한 생을 비유적으로 응시한 이미지
들이 우리들의 사유를 집중시키고 있는 것
이다.

이 밖에도 작품 「솔밭 길」「산사의 기
도」「숲속의 아이들」「소백산 휴양림」등
에서 그가 표출하고자 하는 친자연적인 이
미지들이 그의 진솔한 서정성으로 적시되
고 있어서 숲 해설사로서의 본분과 더불어
시의 위의를 높이고 있는 것이다.

2. 사계절의 향훈에서 탐구하는 시간성
박순호 시인은 지금까지 자연환경 특히
숲이나 나무 풀 등에서 동반자적인 위치에
서 탐색한 춘하추동 사계절에 대한 변화의
섭리에서 다양한 이미지를 창출하면서 자
신의 대자연관을 투영해 왔는데 이제는 사

계절에 대한 좀 더 깊은 인식을 통해서 시적인 원류를 탐구해보는 시법을 읽을 수 있게 한다.

그는 우선 작품 「봄날」 중에서 "봄 햇살 내려앉은 봄 / 자주 찾는 도서관 모퉁이 야트막한 왕재산 // 뒷걸음 산책길 돌아서면은/ 찬바람 보낸 길섶 옥잠화 떡잎 반기고. // 풀꽃 목련 산수유 개나리 벚꽃/ 라일락도 뒤질세라 향기 품어낸다."는 봄의 정경이 한 폭의 수채화로 그려지는데 이는 봄의 향기가 바로 한 계절의 시작으로 온 천지에 진동하고 있는 것이다.

또한 그는 사계절을 고르게 응시하면서 관망하고 거기에 자신의 서정적인 의미를 부여하고 투영하는 시법은 그의 자연관이 바로 계절의 순환에서 창출하는 이미지들이 작품으로 형상화해서 그가 평소에 간직한 순수한 내면의 풍정風情이 아주 간결하게 적시摘示함으로써 그의 시적인 주제가 다정하게 현현되고 있는 것이다.

양지바른 두렁 밑 쑥부쟁이 움트고
응달진 얼음 녹아 실 계천 물소리
고향 아낙네 귀밑머리 스치네

햇살 쏟아지는 논밭 갈이 얼룩소
송아지 뒤따르고
이랴 어서 가자
소모는 농부 값진 땀방울

소슬바람
잎사귀 예쁘게 화장하고
오곡백과 황금 들판 넘실대니
쌓인 피로 어디 가고 어깨춤 두둥실
풍년일세 농부님 행복하네.

세찬 바람 진눈깨비 가지 끝에 매달리고
문풍지 울음 울고 동지섣달 춥다한들
무 배추 김장하고 등 따습고 배부르니
어화둥둥 놀아 보세
            --「사계절」 전문

   박순호 시인은 먼저 "사계절"이라는 제
재題材로 그의 사유의 범주에서 지워지지
않는 정감적인 어조가 작품의 주제(主題
-theme)로 조형하는 순정 미가 넘치고 있
는 것이다.
   이는 일 년이라는 시간성에서 주변의 생
활 반경의 변화와 이 변화에 따른 자신의
정신적 혹은 지향적인 가치관 정립에 상당
한 투여를 하는 그의 열정이 계절과 화해

하고 융합하는 그의 진정성을 이해하게 되는 것이다.

　그는 "응달진 얼음 녹아 실 계천 물소리"(봄)와 "소모는 농부 값진 땀방울"(여름), "오곡백과 황금 들판 넘실대니"(가을) 그리고 "문풍지 울음 울고 동지섣달 춥다 한들"(겨울) 등의 상황으로 사계절의 풍광을 묘사하여 자연과 우리 인간들의 고유 정서가 작품으로 형상화하는 시적인 전개가 우리들의 시선을 집중시키면서 공감의 영역을 확대하고 있는 것이다.

　이처럼 박순호 시인은 사계절에 대한 작품의 변화는 다음과 같이 정리할 수 있을 것이다.

-봄 : 강남 갔든 제비 부부 / 처마 밑에 집 짓고 // 우물가에 감나무 / 노랑 잎 돋아나는 봄　　　(「봄」중에서)

-여름 : 숨 막히는 회색 먹구름 밀려오고 / 우당탕 천둥 번개 소낙비 내리쳐도 / 반바지 밀짚모자 괭이든 농부님은 / 논두렁에 춤을 춘다 (「여름 1」중에서)
-가을 : 황금빛 치장한 들판 / 꼿꼿이해놓

은 듯 / 아름다운 단풍 / 알알이 떨어지는
밤송이(「가을비 내리고」 중에서)

-겨울 : 세찬 바람 홑바지 지나간다. / 동
짓달 긴긴밤 진눈깨비 날리고 / 성난 삭풍
문풍지 울음 크게 울린다(「홑바지 겨울」
중에서)

봄 햇살 내려앉은 봄
자주 찾는 도서관 모퉁이 야트막한 왕재산

뒷걸음 산책길 돌아서면은
찬바람 보낸 길섶 옥잠화 떡잎 반기고.

풀꽃 목련 산수유 개나리 벚꽃
라일락도 뒤질세라 향기 품어낸다

자연도 기후를 먹고
인생도 시대를 먹고
모두는 시류에 살고

식목일 돌아오고
먼 옛날 헐벗은 산천 나무 심기 기억에

내가 사는 공동주택 메마른 화단
영산홍 측백 회양목 맥문동 정성으로 심어

놓고

봄비 오기 기다리는 마음
           --「봄날」전문

　박순호 시인은 사계절 중에서도 유독히 봄春節에 대한 이미지에 몰입하고 있다. 이는 봄의 이미지나 상징은 만물의 생명이 재생하거나 새롭게 태어나는 생명성의 계절로서 자연이나 인간이나 동일한 정감으로 예찬하면서 활기를 감수하게 된다.

　그는 봄의 서정에서 공유하는 향훈은 봄 햇살과 "풀꽃 목련 산수유 개나리 벗꽃 / 라일락도 뒤질세라 향기"에서 감응하고 있는 것이다. 만물이 소생하는 봄날에서 "자연도 기후를 먹고 인생도 시대를 먹고 모두는 시류에 살고"라는 화자의 인생론적인 가치관도 투영하고 있는 것이다.

　한편 그는 "내가 사는 공동주택 메마른 화단 영산홍 측백 회양목 맥문동 정성으로 심어놓고 / 봄비 오기 기다리"고 있다는 순수 서정미를 분사/ 하고 있는 것이다. 그는 이 봄에 대한 이미지뿐만 아니 사계절 전체에 대하여 봄=「봄이 오는 소리」

「봄날」「봄 달래」여름=「여름 2」가을=「가을」「가을바람」「갈바람 불어오면」겨울=「눈 오는 날」「문 앞에 서성이는 겨울」등의 작품 소재에서 계절 감각의 의미를 부여하고 있어서 그의 순수서정의 심연을 이해하게 되는 것이다.

3. 사친이효事親以孝-시적 형상화

박순호 시인의 작품에서 또 하나 특이하게 발견되는 것은 부모에 대한 효 정신의 발현으로 자신의 일생에서 불망(不忘)으로 남아있는 효심에 대한 시적 형상화에 공감할 수 있는 자신만의 소회素懷를 들려주고 있는 것이다.

일찍이 「부모은중경」중 "열째, 끝없는 자식 사랑으로 애태우시는 은혜를 노래하노라." 대목에서 "깊고 무거운 부모님의 크신 은혜 베푸신 큰 사랑 잠시도 그칠 새 없네. 앉으나 일어서나 마음을 놓지 않고 멀거나 가깝거나 항상 함께하시네. 어머님 연세 백 세가 되어도 팔십 된 자식을 항상 걱정하시네. 부모님의 이 사랑 언제 끊어지리까 /이 목숨 할 때까지 미치오리. "라거나 신라시대 원광법사가 설법한 「세속오계」중에서의 사친이효 사상을 실천이라도

하듯이 그는 부모에 대한 효 의식을 다양
하게 전개하고 있는 것이다.

  사실 이 효심은 가족 사랑이라는 범주에
서 살펴보면 지금은 생존하지 않는 아버지
어머니에 대한 애틋한 회상의 장에서 출발
하고 있는 것이다. 작품 「어릴 때는 모르
고」 전문에서 "부모님 늦게 자고 일찍 일
어나는 줄 / 나는 몰랐네. // 낮에 논밭에
서 힘들게 일하고도 / 밤늦게 호롱불 밑에
서 길쌈하는 줄 / 나는 몰랐네. // 무명옷
굽은 허리 밭매고 지게 지고 / 바지 궁둥
이 붉은 흙 묻은 줄 / 나는 몰랐네. // 한
평생 자식 위해 일만 하다 / 돌아가신 부
모님 은혜, 부모가 되고 / 이제 알았다"는
어조와 같이 시적 화자인 자신의 진솔한
참회의 심정을 이해하게 되는 것이다.

가지 말라 가기 싫다
마지막 숨 몰아쉬는
동짓달 초여드레 새벽

삭풍 불어 된서리 내린 삭갈이 논
맨발 뛴 14살 자식 통곡 소리
수야 마을 소 침쟁이 모셔 온들 소용없네

논밭은 하늘 바라보는 천수답
6.25.사변 국토는 쑥밭 되고
가장으로 살기 위해 몸부림치다
달구지에 척추 부서진 몸 어이할꼬

가난이 불효던가 병원 갈
생각조차 못 하였네
백약이 소용없고 2년간 고생하다
59세 떠나가신 아버지
어머니 혼자되고
어린것이 가장되고
6.25 학도병간 형님
가장으로 울고만 있었네
            ――「떠나가신 날」 전문

　박순호 시인은 먼저 아버지가 "떠나가신
날"에 대한 심정을 재생하고 있는데 마지
막 숨 몰아쉬는 장면이나 "맨발 뛴 14살
자식 통곡 소리"라는 상황 설정에서부터
"가난이 불효던가 병원 갈 / 생각조차 못
하였네 / 백약이 소용없고 2년간 고생하다
/ 59세 떠나가신 아버지"의 한 많은 생애
를 돌아보면서 무엇보다도 이제는 혼자된
어머니에 대한 연민의 정감이 넘치고 있는
것이다.

그리고 장남인 형님이 애통해하는데 그 형님(박순허)도 중학교 과정 3학년 때 학도병으로 지원하여 대구 팔공산 전투에서 부상을 당하고 3급 상이용사로 살아온 참전용사였지만 전쟁 후유증으로 불혹에 돌아가신 형님, 충효를 겸비한 가족의 일원이 아버지 떠나가신 후의 애한哀恨이 잘 묘사되어 있는 것이다.

봄바람 살랑이고 새록새록 잠든 아기
어머니 입가 미소 짓고

더우면 더울세라 추우면 추울세라
온몸으로 감싸주고

눈비에 병날세라 근심 걱정 마다 않고
자식 위해 살아온 어머니

집 떠난 자식 위에
장독대 정화수 놓고 기도하는 마음
어찌 알리요.

어린 자식 부모 되어 찾아가니
반기던 그 모습 어디 가고
빈 마당 눈 덮인 장독대만 남아있네

소리 내어 불러도 아무런 대답 없고 양지
바른 산소 앞에 흐느끼다 일어서니 하얀
머리 할미꽃 허리 굽어 웃고 있다
　　　　--「어머니」전문

　다음은 "어머니"에 대한 효성의 어조가
구슬프게 들려온다. 우선 그는 "소리 내어
불러도 아무런 대답 없고 / 양지바른 산소
앞에 흐느끼다 일어서니 / 하얀 머리 할미
꽃 허리 굽어 웃고 있다"는 결론에서 이해
할 수 있듯이 "자식 위해 살아온 어머니"
의 자식 사랑을 이제사 "어린 자식 부모
되어 찾아가니/ 반기던 그 모습 어디 가고
/ 빈 마당 눈 덮인 장독대만 남아있네"라
는 통탄의 메시지만 그의 뇌리에 엄습하고
있어서 우리들 모두가 공감하는 사모곡이
아닐 수 없을 것이다.

　그는 작품 「그리운 어머니-어머니 제삿
날」 중에서도 "황토밭 사과나무 아름답게
꽃 피는 / 음력 사월 열이레 기일이 돌아
온다. / 안개비 내리고 창가 흐르는 물방
울 / 하늘에 계시는 어머니 눈물 같으리"
라는 어조로 "이 삼 년간 힘든 세월 백약
이 소용없고 / 한세상 보낸 80년 하늘나라
가신 엄마"에 대한 갸륵한 효성을 이해하

게 된다.

이 밖에도 자신의 아픔, 또는 "당신"의 고통에 대해도 많은 애정의 어조가 있지만 특히 "산수가 훌쩍 넘게까지 말없이 옆에 있어 주는 집사람에게 말하고 싶습니다. / 사랑합니다. 고맙습니다. 수고하셨습니다. / 따스한 말 이제 지면으로 해 봅니다 앞으로 사는 날까지 당신의 손을 꼭 잡고 가겠습니다/ 울타리가 되어주는 아들 며느리 딸과 사위, 귀여운 손녀 손자까지 모두가 건강하고 행복하기를 늘 기원하고 있음 / 알아주기 바랍니다. (「고마움을 전하면서」 중에서)"라던 "당신"도 지금은 "봉창 없는 삼베옷 한 벌 갈아입고 / 동전 한 잎 입에 물고 황천길은 어디든 가 / 머나먼 북망산천 가는 길은 어디든 가 (「초혼(招魂)」 중에서)"라는 애절한 정감의 메시지만 분출하고 있는 것이다.

4. 고향 서정과 그리움의 진원지

박순호 시인은 자신의 사유에서 최대한 동원시킬 수 있는 추억의 대상은 일일이 소환召喚하고 있는데 이번에는 고향에 대한 그리움이 진솔하게 적시되고 있어서 누구나 아련한 향수에 젖어보는 회상의 시법에서 공유하는 메시지를 읽게 한다.

　그는 먼저 고향하면 "그립다 // 생각난
다 // 보고 싶다 // 가고 싶다(「고향 생
각」 중에서)"는 간단명료한 어조로 자신의
진솔한 심정을 표출하고 있는데 이는 고향
이 어쩌면 나의 생명성이 발원한 부모들의
생거지生居地이며 내가 이 세상을 출발한
모태인 고향을 잊을 수가 없는 것은 당연
한 일이다.

　그는 작품 「태어난 곳」 중에서도 "앞산
아래 냇물 구비 흐르고 / 오순도순 살아가
는 정겨운 마을－중략--그리운 고향마을
왔건만 / 보고 싶은 사람들 보이지 않는
다"는 향수에 대한 이미지는 바로 그리움
의 대상으로써 그의 심안에서 언제나 아른
거리고 있어서 옛 시에 말하기를 "산천은
의구依舊하되 인걸은 간데없네"라는 시적
상황을 이해할 수 있는 것이다.

하늘은 그대로인데
옛 친구 보이지 않고 혼자 서있네
산과 들은 그대로인데
흐르는 개천물 보이지 않네

마을 집은 그대로인데
닭울음, 개 짖는 소리 들리지 않네

밭 가는 얼룩소 어디로 가고
송아지 울음소리 들리지 않네

오 일 장터 할머니 막걸리 선술집
젓가락 장단 들리지 않네

눈감고 생각하니 모두가 옛날이네
          --「고향」 전문

　어느 날 떠났다가 나그네로 찾아온 고향, 어찌 보면 허망하기도 하고 인생무상까지도 연결된다. 이러한 향수나 추억은 자신의 인생을 관조하면서 한편으로는 성찰의 개념까지도 변전變轉하게 한다. 고향의 모든 추억이나 애환의 재생은 곧 존재에 대한 성찰이며 현실적인 화해의 해법으로 가치관을 정리할 수도 있는 것이다.

　그는 보이지 않고 들리지 않는 황량한 고향 "하늘은 그대로인데 / 옛 친구 보이지 않고 혼자 서있네"라는 탄식의 어조는 모두 "옛날"이라는 희로애락의 원천에서 고적)한 객으로서의 회한을 되새기고 있어

서 우리 모두 고향을 떠나온 사람들의 공
유된 인식을 발현하고 있는 것이다.

  그의 고향은 경상북도 청도의 신도리라
는 곳이다. 새마을 개량, 산림녹화 등으로
보릿고개도 없어져서 살기 좋은 마을, 그
옛날의 그 시절의 기억만 생생하게 가슴
깊이 각인되어 있는데 "앞산 아래 냇물 구
비 흐르고 / 오순도순 살아가는 정겨운 마
을 // 빨래하는 아낙네 방망이 소리--중략
--돌다리 건너 산비탈 사과밭 거름 주고
풀 뽑는 부모님 (「태어난 곳」 중에서)"의
정경은 자취를 감추고 영원히 찾을 수가
없게 된 것이다.

소풍
골짜기 능선에 넓은 죽 바위
풀 갈잎 밀어내고 전설로 앉아있네.
키 작은 선생님 전설 이야기
소풍 나온 반 친구 귀 쫑긋
큰 눈 뜨고 숨소리 죽였다

밭일
먼동 틀 때 밭에 나가 어둑하면 돌아오고
온 식구 모여앉아 고추 된장 꽁보리밥
상추 삼에 저녁 먹고 평상 위에 누웠으니

별 총총 둥근달은 내려 보고 웃었지

소 풀 먹임
앞산 뒷산 꽃 필 적에 벌 나비 날아들고
온갖 잡새 노래하며 춤춘다.
풀 뜯는 어미 소 송아지 뒤 따르고
소모는 아이 즐거운 콧노래 귓전에 맴돌고
모두가 추억이라네
                    --「추억」 전문

　누구나 고향에 대한 추억은 무궁무진하
다. 박순호 시인도 주마등으로 지나간 유년
의 형상들이 이제는 추억으로 생성한다. 그
의 추억은 대체로 농촌의 풍물이 넘치는
안온한 서정성의 보고에서 창출한 영원히
잊지 못할 인생 체험의 집약이다. 인생의
존재 이유로 동행한 칠정(七情-喜怒哀樂
愛惡慾)이 살아온 과거의 생활 단면으로
재생하는 이미지들이 한 편의 작품으로 창
작되고 있는 것이다.

　그는 유년에서부터 청년 시절까지 농촌
풍광과 함께 그려낸 자연 풍경화처럼 그의
추억은 시작된다. 일단 "소풍"이라는 동심
의 기억은 "골짜기 능선에 넓은 죽 바위 /
풀 갈잎 밀어내고 전설로 앉아있"으며 "밭

일"이라는 제재에서는 "먼동 틀 때 밭에 나가 어둑하면 돌아오고 / 온 식구 모여앉아 고추 된장 꽁보리밥 / 상추 삼에 저녁 먹"는 낭만적인 추억과 "소 풀 먹임"에서는 "풀 뜯는 어미소 송아지 뒤따르고 / 소모는 아이 즐거운 콧노래 귓전에 맴"도는 그의 심중에는 이와 같은 불망의 추억들이 지금도 회상의 날개를 달고 그를 시상으로 이끌고 있는 것이다.

그의 작품 「품앗이」 중에서 "초저녁달 뜨면 / 마당에 모깃불 피어놓고 // 호박 얇게 썰어 넣은 / 누룽국 밤참으로 허기 채우고 // 경쾌한 노랫소리 / 새끼 꼬는 손놀림이 빨라지네"라거나 「풍속」 중에서 "정월 보름 날 / 정갈한 새끼줄에 / 하얀 종이 둘러놓고 // 동네 안녕과 풍년 / 기원하는 제 올리고 / 정성으로 기도한다." 또는 「추억에서」 중에서도 "정월 보름 / 솔 갈비 쌓아 달집 태우던 / 그리움 / 아련히 떠오르고"라는 잊혀져가는 그리움으로 형상화하고 있어서 그의 서정적 시혼은 공감의 영역을 확대하고 잇는 것이다.

이제 박순호 시집 『바람 숲에 살고 지고』 읽기를 마무리한다. 그는 "문학을 접하

면서 삼라만상 안에 나름대로 사랑이 있다
는 것을 알았습니다(<책을 내며> 중에서)"
라는 그는 문학이 제공하는 다양한 사유의
확대, 인식의 변화 등을 통해서 자연과 인
간이 소통하는 인생 황혼기에서 최대의 행
운과 동행할 수 있음을 그는 찬양하고 있
는 것이다.

그는 바람과 숲 등 자연 친화에서 사계
절이 제공하는 시간성의 향훈 그리고 사친
思親에 대한 효성과 가족애에서 자신을 되
돌아보는 관조의 미학과 마지막으로 고향
서정에서 그리움의 진원지를 명민明敏하게
되돌아보는 시법으로 이 시집을 완성하고
있는 것이다.

그가 "바람 부는 대로 / 구름은 따라가
고 // 세월 가는 대로 / 나이도 따라가고
// 바람 따라 세월 따라/ 인생도 따라가네
// 인생 가는 대로 / 젊음도 그리움도 //
어느새 / 꿈처럼 따라가네 (「가는 인생」
전문)"라는 인생론의 관조나 성찰의 언어처
럼 박순호 시인도 이제는 자연 사랑 인간
사랑이라는 인본주의(humanism)의 경지를
함유하고 있는 것이다.

박순호 제1시집

바람 숲에 살고 지고

인쇄 2023년 09월 15일
발행 2028년 09월 20일

지은이 박순호
발행인 김기진
편집인 김기진
펴낸곳 문예출판
등록번호 제 2022-000093호

경기도 부천시 신흥로 40번길 44 해뜨는집 205호
　　　Mobile: : 010-4870-9870
　　　전자우편 : 1947kjk@naver.com
ISBN 979-11-88725-39-7
값 10,000원